Augustine

Écrit et illustré par Mélanie W

Éditions
SCHOLASTIC

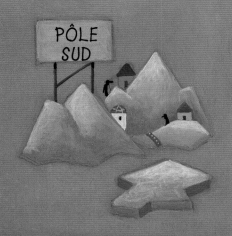

PÔLE SUD

ATLAS

L'appel important
de papa

A.

VENDU

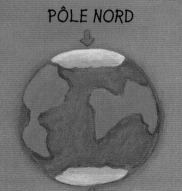

PÔLE NORD

PÔLE SUD

Je m'appelle Augustine. Mes parents m'ont donné ce nom parce qu'ils aiment beaucoup le célèbre peintre Pierre-Auguste Renoir. J'habite au pôle Sud, mais bientôt, nous déménagerons très loin. Nous habiterons au pôle Nord, car mon papa a un nouveau bureau là-bas.

DÉMÉNAGEURS EMPEREURS

CE CÔTÉ
VERS LE HAUT

A.

BLANCHE
NEIGE

Je ramasse tous les jouets dans ma chambre.
Maman dit que ce n'est que la pointe de l'iceberg.
Nous devons aussi vider les garde-robes et faire
nos valises. Je dessine des étoiles sur toutes
mes boîtes. Déménager, c'est beaucoup de travail.
Ma chambre va me manquer.

AÉROPORT DU PÔLE SUD

On t'aime
Augustine! ♥

A.

NOM : Manchot
PRÉNOM : Augustine

La valise
d'Augustine

Les manchots
PEUVENT voler!

AIR MANCHOT

Je transporte ma valise jusqu'à l'aéroport. Lorsqu'il est temps de dire au revoir, je suis triste. Je vais m'ennuyer de mes amis et de mon enseignante. Je vais aussi m'ennuyer de mes cousins, de mes tantes et de mes oncles. Mais surtout, je vais m'ennuyer de grand-maman et grand-papa.

SÉCURITÉ

A.

CRAQUELINS
POISSONS

TOILETTE

occupée

Attachez vos
ceintures

C'est mon premier voyage en avion. Je joue à « la pêche »,
je regarde un film et je mange un poisson servi sur un petit
plateau. J'observe le ciel par la fenêtre pendant que papa
fait dodo. En allant à la toilette, je vois un passager qui a
la tête dans les nuages.

AÉROPORT
DU PÔLE NORD

PÔLE
NORD

A.

RENSEIGNEMENTS

HÔTEL

Nous arrivons enfin au pôle Nord, après un très long voyage. Je demande à papa où se trouve son nouveau bureau. Je demande à maman pourquoi il n'y a pas beaucoup de manchots ici. Elle me dit que je dois me reposer, car demain sera une longue journée. En route vers l'hôtel, je suis silencieuse. La neige me rappelle mon chez-moi.

1

À VENDRE

2

À VENDRE
(belle vue)

3

À VENDRE

8

À VENDRE

A.

4

À VENDRE

7

À VENDRE

6

À VENDRE
(prix réduit)

5

À VENDRE

Aujourd'hui, nous emménageons dans notre nouvelle maison. Nous en avons visité huit avant de trouver celle qui nous plaisait. Notre maison ressemble à un château. Maman adore le chandelier en glaçons. Papa adore le plancher givré. Moi, j'adore ma nouvelle chambre dans la tour glacée!

Classe de
Mme Linda

12
3
9
6

A.

Le vœu d'Augustine

On t'aime
Augustine!

Mais cette nuit-là, je n'arrive pas à dormir. Je pense trop à la nouvelle école. Demain sera ma première journée. Je ne connais personne au pôle Nord. J'aimerais retourner dans le temps; comme ça, je pourrais revoir mes amis du pôle Sud.

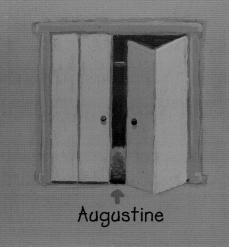

Augustine

FLOCONS GIVRÉS

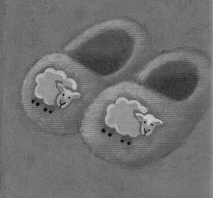

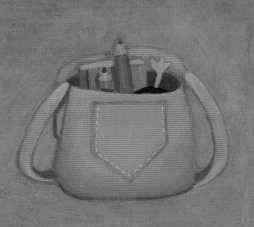

A.

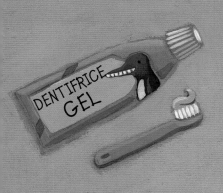

DENTIFRICE GEL

JUS DE POMME

Le lendemain matin, je me cache. Mais maman me trouve.
Je dessine mon portrait et le montre à papa. Je lui dis que
je ne peux pas aller à la nouvelle école, car j'ai des frissons.
Maman me donne des pantoufles et me demande de faire
un effort. Papa m'accompagne jusqu'à la porte de l'école
et me souhaite bonne chance. J'en aurai besoin.

Quand j'entre dans la classe, tous les enfants me fixent et chuchotent. Mme Lisa, ma nouvelle enseignante, a un joli sourire. Elle me présente aux enfants, mais je me fige comme un bloc de glace. Mon accent est différent. Je suis trop timide pour dire un mot.

Ceci n'est pas
mon ballon. A.

À la récréation, les autres enfants jouent
au ballon. Ils rient et crient. Ils ont l'air d'avoir
beaucoup de plaisir.

Je m'assois seule dans un coin. Une chance que j'ai apporté Picasso pour me tenir compagnie. Je dessine des images avec mon crayon bleu. C'est ma « période de récréation bleue ». Picasso est d'accord.

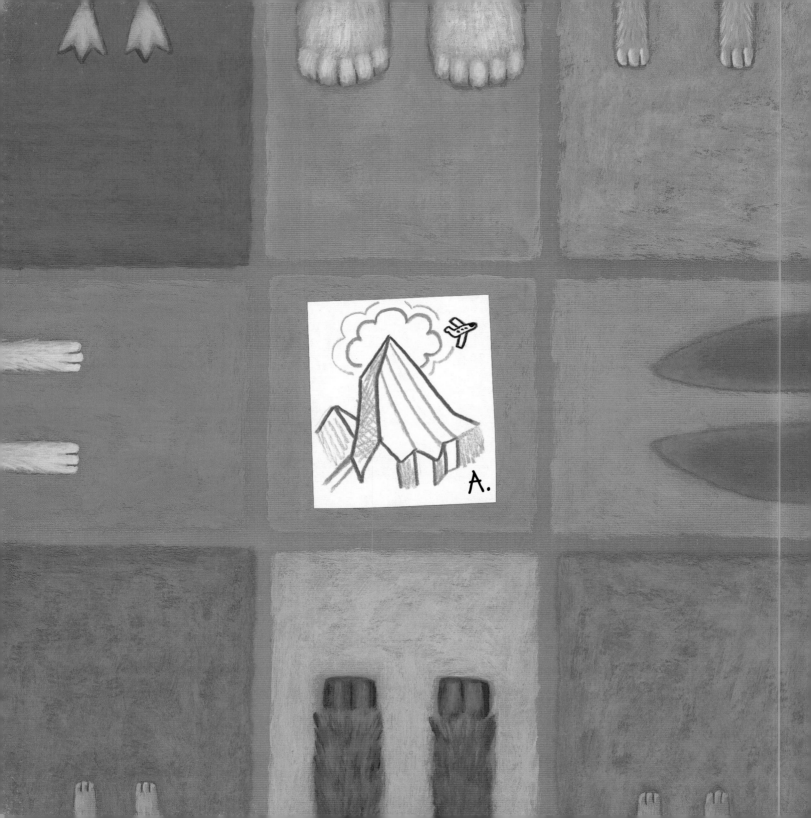

Plus tard, je réalise que tout est silencieux. J'aperçois
des petits pieds autour de moi. Je lève les yeux. Les enfants
de ma classe me regardent en souriant. Je leur montre
mon dessin d'un avion et leur raconte mon voyage depuis
le pôle Sud.

Pour Lenny

A.

Pour Léna

A.

Pour Félix

A.

Pour Sélia

A.

Bienvenue
Augustine!

De la classe
de
Mme Lisa

Pour Pétula

A.

Pour Harry

A.

Pour Oscar

A.

Pour Polly

A.

En classe, tous les enfants veulent peindre et dessiner avec moi. Mme Lisa nous encourage tous à nous exprimer. Elle dit que nous aurons notre propre exposition d'art à l'école, la semaine prochaine. J'ai bien hâte!

Pois mange-tout

Laitue iceberg

Soupe

aux
nouilles

A.

Augustine Manchot

Crème   glacée

De retour à la maison, je raconte ma journée à l'école et je nomme tous mes nouveaux amis. Papa dit que j'ai brisé la glace en faisant des dessins. Maman est très fière de moi. Ils m'annoncent qu'il y aura des invités-surprises à l'exposition d'art, la semaine prochaine.

Pétula

EXPOSITION
D'ART
Classe de
Mme Lisa

Polly

Lenny   Léna

A.

Harry

Oscar

Sélia

Félix

Notre exposition d'art a beaucoup de succès. Mes nouveaux amis, ma nouvelle enseignante, maman et papa sont là. Et la surprise? C'est grand-maman et grand-papa qui sont venus nous rendre visite. Ils me disent que le pôle Nord fait ressortir mes couleurs. Je suis tout à fait d'accord!

Pour John et Ginette

Augustine aimerait remercier les peintres ci-dessous qui l'ont inspirée :

Pierre-Auguste Renoir (Fillette à l'arrosoir); Vincent van Gogh (La chambre);

Grant Wood (American Gothic); René Magritte (décalcomanie);

Piet Mondrian (composition avec rouge, jaune et bleu);

Claude Monet (Londres, le Parlement);

Salvador Dali (La persistance de la mémoire);

Edvard Munch (Le cri);

Léonard de Vinci (La Joconde, Mona Lisa);

René Magritte (La trahison des images);

Pablo Picasso (autoportrait en période bleue);

Lawren S. Harris (Le mont Lefroy);

Andy Warhol (portraits pop art, Boîte de soupe Campbell's);

Henri Matisse (Icare)

Édition publiée par les Éditions Scholastic,
604, rue King Ouest, Toronto (Ontario) M5V 1E1,
avec la permission de Kids Can Press Ltd.

6 5 4 3 2   Imprimé et relié en Chine   07 08 09 10

Les illustrations ont été créées au moyen de peinture acrylique et de crayons de couleur.

Pour le texte, on a utilisé la police de caractères ICG Lemonade.

Conception graphique de Mélanie Watt et Karen Powers.

Catalogage avant publication de Bibliothèque et Archives Canada

Watt, Mélanie, 1975-
[Augustine. Français]
Augustine / écrit et illustré par Mélanie Watt.

Traduction de : Augustine.
ISBN 0-439-94134-2

1. Manchots (Oiseaux)--Romans, nouvelles, etc. pour la jeunesse.

I. Titre. II. Titre : Augustine. Français.

PS8645.A884A9814 2006   jC813'.6   C2006-900617-2